적당히 아파하고
적당히 슬퍼하기를

김동근

Prologue

나무는 그때서야 알게 되는 것이다. 자신이 여태까
지 추풍낙엽처럼 흔들리고 있었던 까닭은 바람이 불어
와서도 아니고, 바람이 남기고 간 잔상 때문도 아니고,
실은 저가 저를 흔들고 있었다는 사실을.

_162p, 〈흔들리는 나무〉 중

사는 일은 죽은 가슴 하나를 안고 사는 일이라는 말에
큰 위로를 느꼈던 시절이 있었다. 당시 국가시험을 준비하는
수험생 신분이었는데, 아무리 노력을 하고 열심히 공부해도
성적은 생각만큼 노력 순이 아니었다. 나보다 앞서가는 사람
들의 뒷모습을 바라보며 못내 누그러들지 않는 조바심에 혼
자 넘어지고 일어나기를 반복하면서 지내야 했다.

그러던 어느 날, 검은 활자만 보면 속이 메스껍고 어지

럼증을 동반한, 알 수 없는 증상들이 책상 위로 불청객처럼 끼어들었다. 밤에 잠드는 것조차 버겁고 숨 쉬는 것도 어려워 날이 밝자마자 혹시 내과적인 문제가 있는 것은 아닌지 병원을 찾았지만 검사 결과 모두 다 정상이었다. 담당 의사는 내과적인 차원의 문제가 아니라 공황 장애나 화병 등 심리적인 문제가 있을 수 있으니 정신과에 한번 가 보는 게 어떻겠냐는 조언을 건넸다. 의사의 소견에는 수긍이 갔지만 잠시 망설였다. 결국은 가지 않는 쪽으로 결론을 내려 집으로 발걸음을 돌렸다. 계획에 없던 병원에 다녀오느라 오전에 공부해야 할 분량을 이미 거의 다 까먹다시피 했기 때문이다. 시간 관리에 엄숙해야 했던 수험생으로서는 어쩔 수 없이 내린 결정이었다. 과연 오늘 공부할 분량을 제대로 소화해낼 수 있을까. 밥 먹는 시간이나 잠을 자는 시간을 줄이면 가능하지 않을까, 얽히고설킨 태산 같은 걱정들은 집으로 걸어가는 내내 이미 내 발걸음보다 더 빠르게 앞서가고 있었다.

집으로 돌아와서는 익숙한 공기를 목울대 안으로 삼키며 책상 앞에 앉아 커튼 친 창가를 우두커니 바라보았다. 반쯤 젖혀 놓은 창문 사이로 잔바람이 드나들었다. 처음엔 커튼만 넘실대는 줄 알았더니 나뭇가지도 흔들리고 그 광경을 바라보는 내 마음도 지나온 세월만큼이나 같이 출렁

거리고 있었다. 그 순간, 지금 나를 흔들고 있었던 것은 어쩌면 커튼이나 나뭇가지가 아니라 바로 나 자신일 수도 있겠다는 생각이 들었다. 상처를 받는 것도 나고 불확실한 미래를 앞세워 불안에 떨고 있는 것도 나지만 결국엔 이 모든 것들을 비워 내고 털어 내야 하는 것도 바로 나 자신일 수밖에 없다는 사실.

물론 감정을 누그러뜨리고 털어 내는 일이 말처럼 그리 쉬운 일이 아니라는 걸, 우리 모두는 이미 경험상 잘 알고 있다. 아픔과 슬픔이 사람에 따라 절망으로 이어지기도, 또 한편으로는 무거운 현실 앞에 사치가 되기도, 또 저편으로는 마냥 기뻐할 수만은 없는 어떤 모종의 교훈이 있다는 것도 안다. 아픔과 슬픔의 외연을 고통이라고 표현한다면 받아들이는 사람에 따라 그 고통의 총량 또한 다를 수 있다는 것까지도 말이다. 하지만 여기서 중요한 건 체감하는 온도가 조금 다를지라도 우리는 아프면 아프고 슬프면 슬퍼진다는 것이다.

이 책이 심리학 서적처럼 명쾌한 해답을 제시해 주기는 어렵겠지만 일상에 지친 마음을 햇볕에 널어놓고 싶을 때, 건조해진 마음을 빗길 위에 세워 두고 싶을 때, 빗물에 젖은 마음을 안고 누군가 같이 울어 줄 사람이 필요할 때 이 책을 펼쳐 봤으면 좋겠다. 비우고 털어내야 하는 것이 나 자신일 수밖에 없다고, 꼭 모든 것을 혼자서 짊어지고 있을 필요까진 없으니까. 그래서 굳이 아플 일이 생겨도 적당히 아파하고, 적당히 슬퍼했으면 좋겠다.

차례

꽃피는
모든 순간이
모두 당신의 순간이길

당신의 상처가
꽃잎처럼
아물었으면 해서

적당히 아파하고 적당히 슬퍼하기를 · 상처
· 그럴 때가 있다 · 잃어 본 사람만 안다 · 삶
을 대하는 자세 · 엄마 꽃 · 애드리브 · 모란 ·
사연 없이 흐르는 바다가 어디 있겠어요 · 나
날이 품고 있으리다 · 이해한다는 건 · 겨울
과 봄 사이 · 이면 · 알아도 스며들지 못하는
것 · 그해 여름밤 · 별거 아닐 리 없는 · 반감
· 관계 · 풍상 · 같은 말, 다른 의미 · 자국 ·
밤바다 · 포기한 사랑 · 해무 · 봄바람 · 쉽지
않은 말 · 비 그친 오후 · 이별의 이중성 · 정
말 잘됐으면 좋겠어 · 그러니 아프지 마라 ·
꽃잎처럼 · 선인장 · 뭍과 수평선 · 타인의 감
정 · 넘어지지만 마 · 밤의 은유 · 아끼지 말
것 · 너의 내일은 · 웅크린 고슴도치 · 자아의
방 · 여백 없이 사랑받고 행복해지기를 · 조
금은 헤매도 괜찮아 · 어느 술도가의 이야기
Ⅰ · 물결 · 그냥

너의
밤도
길겠지

1부

꽃피는 모든 순간이

모두 당신의 순간이길

비움과 채움 사이

사랑은 서로를 비워 내는 일.

서로의 다름을 받아들이고 서로에게 다정의 온기를 채워 주는 일.

마음의 전부를 내어 주면서 그 마음에 쉼표까지 달아 주는 일.

중심

서로의 중심에 서로를 앉히는 일,
그게 사랑 아닐까.

두 갈림길에 서서 어느 쪽으로 가자고 다투기보다
내 문지방으로 넘어온 당신에게 두 손 꼭 잡고
둘만의 길을 만들어 가자고 말해야겠다.
그렇게 사랑해야겠다.

당신과 함께라면
길이 아닌 곳도
얼마든지 걸을 수 있으니.

괜찮은 사람

그럴 때 있을 거예요.
이 사람과 함께 있으면 내가 참,
괜찮은 사람처럼 느껴질 때.

그 사람과 함께 걷는 보폭마다 따뜻한 사월의 그림자가 풀
어질 거예요. 별다른 이유가 없는데, 특별히 뭘 하고 있는 것
도 아닌데, 행복에도 제철이 있다는 듯, 한 소쿠리 받아 놓
은 연한 빛처럼 그 사람과 눈 맞추고 발맞추는 모든 순간들
이 아마 농담처럼 행복할 거고요.

만약 그런 사람이 지금 제 곁에 있다면 저는 아마 이런 말을
전하고 싶을지도 몰라요. 너와 함께 보내는 이 시간이 내게
는 봄날처럼 귀하다고. 앞으로 맞이하게 될 모든 계절들이
나는 참 고마울 것 같다고. 네가 내 곁에 있어서, 혹은 내게

로 와 줘서, 얼마나 다행인지 모른다고. 마음이 봄의 언저리
까지 닿아 있는 기분이라고.

밤은 예뻤고 술은 달았어요

사랑은 언제나 예고 없이 찾아와요. 꽃은 정해진 시기에 피는데 사랑은 느닷없이 피는 거죠. 그래서인지 마음에는 맑은 샘이 흐르고 밤은 또 지랄맞게 예뻐서 어제 마셨던 술이 오늘은 달아요.

봄은 아직 한창이 아니라는데, 그래서 개화는 꿈도 꾸지 말라는데, 당신과 함께 바라보는 한강 물에 벌써부터 봄물이 들어요. 대기의 채도까지 짙어서 술 한 모금 나란히 앉아만 있어도 서로의 마음을 음독하는 일처럼 설레요.

마법 같은 일이 일어난 거예요.

그런 사람

너를 잘 아는 사람보다
너를 제대로 알아봐 줄 수 있는
그런 사람을 만나.

꽃의 이름만 알고 있는 사람과
꽃말까지 알고 있는 사람은 달라.

꽃말까지 알고 있는 사람은
꽃에 대해 관심을 가지는 농도 자체가 현저히 다르거든.

또 그런 사람의 시선에서는
돌봄이라는 따뜻한 시선도 느껴 볼 수가 있어.

혹시나 매만지면 꺾이지 않을까 조심스러워서
애정 깊이 바라봐 줄 것 같은 시선.

겉으로 드러나는 모양이나 색깔이 아니라
꽃의 존재를 온전히 바라봐 줄 것 같은 시선.

만약, 너도 그런 시선을 느끼고 있다면
너는 이미 충분한 사랑을 받고 있는 걸 거야.

너의 진심을 헤아려 줄 줄 알고
그 어떤 아픔까지도 다 이해해 줄 수 있는
그런 사람.

마음의 온도

마음 좀 식으면 어때. 그만큼 내가 따뜻해져서 한 움큼 안아 주면 되는데. 마음도 온도가 적당하면 감기처럼 옮기는 게 가능하다잖아.

아직 오지 않은 너에게

아직 오지 않은 너에게
언젠가 꼭 전해 주고 싶은 말.

가파르고 비탈진 순간들을 아주 잘 건너왔다고.
베이고 다쳤던 외마디의 순간들을 아주 잘 견뎌 왔다고.
이곳이 바로 너의 오랜 걸음이 지나온 종착지라고.
너를 알기 전부터 너의 존재를 참 많이 그리워했다고.

와 줘서 고맙다고.
이제 여기서 꽃피우자고.
사랑한다고.

오래 아껴 둔 말이라고.

진심

사랑하는 사람에 대한 최선은
언제나 진심뿐이라는 것.
그 최선엔
요령은 없다는 것.

당신만 보이고, 당신이 전부라서

그럼에도 예쁘다는 말은 일종의 종신형 같은 거예요.
당신이 어떤 모습을 하고 있어도
제 세상에서는 오직
당신이라는 숲만 무성하다는 뜻이니까요.

마음이 닿는 거리

사랑하는 사람끼리는 서로 큰 소리를 내지 않아.

개미 기어 다니는 소리만큼 속삭여도

마음이 맨살 닿을 만큼 가까워서 서로 다 알아들을 수 있거든.

나무 그림자

"어디서 들은 말인데

나무가 좋으면 그 그림자도 좋아지는 법이래."

그러니 얼마나 행복하겠어. 아마 평생 길을 내어 줘도 전혀 아깝지 않을걸. 들풀에 이름 붙이는 일처럼 그 사람 사소한 행동 하나하나에 큰 의미를 두게 될 거고 혹시라도 우연히 달을 보기라도 하면 휘영청 웃는 그 사람 모습이 떠올라서 바라보는 내 기분도 하얘질 거야. 어디선가 달무리를 빗질하는 흰 웃음소리도 들려올 거고.

그러니까 그 모든 순간이 얼마나 고맙고 감사하겠어. 세상을 바라보는 시야가 그 사람을 통해 새롭게 움트는 건데.

그리고 그거 알아?
평소에 자기 자신을 사랑하지 않던 사람도 사랑을 하게 되는 순간, 어느새 나 자신까지도 사랑하게 되더라는 거. 마치

타인을 사랑하는 일이 나 자신을 사랑하는 일이 될 수도 있
다는 듯이.

봄 무렵

나는 당신에게 봄과 참 어울리는 사람 같다고 말했다. 봄이 다 익어 갈 무렵에는 당신이 봄을 닮은 것인지 봄이 당신을 닮은 것인지 도통 모르겠다고도 말했다.

감도

"마음이 스치기만 해도 좋은 건 사랑에도 감도라는 게 있어서야."

그런 거 있잖아. 머리 위로 은하수가 흐르고 모래사장에 달빛이 스미는 것처럼 어제 봤던 풍경이 오늘 보면 새삼 아름다울 것 같은 그런 거. 숨에 맺히는 이슬조차 달아서 사소한 부분 하나하나 모두 다 사랑할 수 있을 것 같은 그런 기분. 어젯밤 너와 나란히 걸었던 그 길에, 발끝에 차이는 돌멩이 소리가 참 듣기 좋더라고 말할 수 있는, 그런 거.

사랑 볶는 냄새

봄밤의 단내가 콧등 위로 스치면 저는 그걸 사랑 볶는 냄새라고 생각했어요. 이유는 몰라요. 그냥 그렇게 생각하는 게 좋았어요. 봄밤은 그 어느 계절의 밤보다 참 밝고 명랑한 것 같아요. 봄밤의 연인들이 서로의 마음에 불을 켜 줬기 때문일까요.

어제는 소문난 맛집을 지나치는데 잠시 가던 걸음을 멈추고 야외 메뉴판을 샅샅이 훑어봤어요. 언제라도 당신과 함께 이곳에 들러 꼭 저녁 식사를 해야겠다고 생각했거든요. 그런 다짐 같은 마음으로 광장에 갔더니 웬 흰 꽃들이 수풀 사이로 듬성듬성 조그맣게 피어 있더라고요. 이름 모를 꽃이라 스마트폰 카메라를 들이미는데, 순간 그 꽃과 오버랩되는 당신의 모습이 영원처럼 떠올랐어요.

마치 오래전부터 제 마음 읽는 일이 당신을 읽는 일이 되었던 것처럼

마음에서는 탁,
스위치 켜지는 소리가 들려오면서.

미로의 세계

이 말이 좋을까.
저 말이 좋을까.

이러면 기뻐할까.
저러면 행복할까.

너의 마음 얻으려.
나의 마음 전하려.

미로에 빠진 나를
너는 알려나.

덕목

들키고 싶지 않은 비밀을 지켜 주는 것도
사랑하는 사람을 위해 지켜 줘야 할 덕목 중 하나다.

좋은 사람 되자는 말

나부터 좋은 사람이 되면
어떤 사람이 좋은 사람인지 알 수 있게 된다는 말.

새해

지난 1년을 잘 견뎌 온 너야. 완전히 꽃 피우지 못했으면 어때. 올 한 해 반쯤 꽃 피어도 괜찮은 날들이 너를 기다리고 있을 텐데.

봄의 언어 I

그날은 사람들의 웃음소리와 이름 모를 새들의 지저귐이 물결치는 봄볕으로 흩어지고 있었다. 흩어진 것들은 허공에서 허공으로 꽃 내음을 몰아왔고, 너는 재채기가 날 것 같다며 웃었다.
그리고는

"나는 너의 파란이면 좋겠어."

가슴께 꽃망울이 터지는 순간
살랑 부는 봄바람이 시샘하였고

봄꽃 흐드러져 배어든 나직한 시선이
우리에게도 번지고 있었다.

낙조가 깊어진 하늘에서는
봄의 언어가 붉은 정맥처럼 이어진다.

봄의 언어 Ⅱ

완연한 봄이 번창하고 있던 시기에 우리는 함께 호수공원으로 소풍을 간 적이 있다. 호수공원 곳곳에서는 정오의 꽃물이 진물처럼 흘러내렸고 발그스름한 햇살은 여린 핏대를 간지럽히듯 갈대밭을 흔들고 있었다.

조금만 고개를 들어도 구름의 흰 속살 같은 것들이 눈썹 위로 스밀 것처럼 좋았고 특히 라일락 같은 봄볕의 단내가 희끗한 손등 위로 맺히는, 그 송골송골함이 좋았다.

우리는 벚나무 그늘에 그을린 얼굴로 성성한 은발이 물결치는 호숫가에 벚꽃 잎이 투망하는 모습을 오랫동안 지켜보았다. 그 어떠한 소음도 소음이 되지 않을 만큼 고요했고 서로가 서로에게 특별한 말을 건네지 않아도 침묵이 불편하지 않았다.

신록을 거느린 눈동자로 서로의 온기를 나누며 같은 곳을 바라보는 일. 아무런 부족함 없이 한 시절의 봄을 키질하며 우리가 할 수 있는 일을 이미 다 한 기분.

아직 내게는 그때의 환희가 물감을 반죽한 화폭처럼 그곳에 그대로 온전히 남아 있다. 입춘을 보름 넘긴 오늘 밤에도, 단 한 번 떠나온 적 없는 그 자리에는 영원히 식지 않을 푸른 김이 지금도 솟고 있을 것이다.

네가 좋아, 봄 좋아

봄이 좋아 네가 좋은 게 아니라
네가 좋아 봄이 좋은 거라고 말해 줄 것.
그렇게 사랑해 줄 것.

왜 모를까

너 예쁜 건
너만
모르더라.

아무리 말해 줘도
모르더라.

개화

개화하기엔

아직 이른 꽃봉오리도

너만 보면

봄인 줄 착각하고 피더라.

망해도 좋을 순간들

희끗한 얼굴에 미소가 어렸다더라.
바람처럼, 물처럼
애써 못 본 척 지나쳤다는데
돌아보지 않으려 갖은 애도 써 봤다는데
결국엔 망했다더라.
밥 먹을 때나 길 걸을 때나 자꾸만 그 미소가 떠올라서
귀밑머리 넘기는 그 하얀 손이 생각나서
생이 어지러울 만큼
또 한 번 망했다더라.

사랑의 이유

어떤 거창한 이유가 필요한 게 아니야.
원래도 좋아했던 향인데
그 사람 때문에 좋아할 이유가 하나 더 생기는 거
그런 게 바로 사랑이지.

귤껍질

원한다면 평생 귤을 까 줄 수도 있어요. 속껍질까지 까서 먹여 주는 것도 가능하고 만약 당신이 오늘 하루가 쓰라렸다고 말하면 말린 귤껍질로 진피 차를 만들어서 투명한 유리 찻잔에 그 하루를 녹여 줄 수도 있어요.

그러니까 우리, 같이 살아 볼래요.
덜그럭거려도 같이 살래요.

웃어 주세요

사랑하는 사람에게 많이 웃어 주세요.
그 사람의 오늘 하루가
행복으로 만개할 수 있게.

헤이즐넛

오늘은 카페에 앉아 커피를 마셨어. 창밖의 풍경은 빙하가 녹는 속도보다 느리게 흘렀고 거푼거리는 햇살은 녹턴의 리듬처럼 하늘거렸어. 개암나무가 생각나는 헤이즐넛 향이 꽤 많이 고소했거든.

달곰삼삼한 향미에 한참 동안 넋을 잃다가, 갑자기 헤이즐넛 커피에 헤이즐넛이 들어가지 않는다는 사실에 놀라워하던 네 얼굴이 떠오르지 뭐야.

그때, 지는 해거름에 그을린 얼굴이 참 많이 예뻐 보였는데.

그래, 행복이 뭐 별건가. 어딘가로 옮겨 놓을 푸른 시선이 있고 온실처럼 따뜻한 순간들을 마음 안에 들일 수 있으면 그게 바로 행복이지. 행복은 의외로 소소함에서 오니까. 그 소소함이 모여 여운처럼 오늘을 살게 하고.

매화

가파른 언덕 위에
무궁한 매화꽃 피었다.

바라보는 시선이 호강한 김에
들숨과 날숨 사이로
그윽한 향기를 들이켜자.

문득
네 생각이 났다.

네가 내뱉는
한 음절 한마디에도
이런 꽃향기가 돋았었는데.

염원

내가 아직
당신이 떠난 빈자리를
떠나지 못하고 있는 이유는

당신이 뱉어 놓은 말씨가
꽃피는 모습 보려고.
꽃대 밀어 올리는 모습 보려고.

그러고 나면 당신도
어디선가 꽃피울까 봐.
꽃물처럼 물들 수 있을까 봐.

그럴 수 있기를

그 어떤 순간의 무른 마음도
한 아름 안아 줄 수 있기를.

사계절

사계절 중 네가 가장 빛나고 예뻐 보이는 날.

오늘이 그렇더라.
매일
오늘처럼만 살자.

아직 봄

그때 네가 웃고 있는데
갑자기 그런 생각이 들더라.
아, 내 마음은 아직도 봄에 살고 있구나.
이젠 아무런 저항 없이 봄만 되면
네 생각부터 나겠구나.

속절없는 일들

나를 바라봐 주지 않는 당신이

왜 저는

속절없이 좋은 걸까요.

발을 동동 구르고 있는 건 당신인데

왜 자꾸만

제 가슴이 뛸까요.

기분이 하늘거려 웃고 있는 건 당신인데

왜 여전히

제가 다 설레는 걸까요.

가끔은 야속해서 당신이 미울 법도 한데

왜 전 아직도

당신에게 속절없는 걸까요.

제발

봄날의 태생처럼
희끄무레한 네 얼굴에
자꾸만 미소가 성기니까
수첩에 적을
시
한 수가 접힌다.

제발
그만 좀 예뻐라.

꽃말

그거 알아?
어떤 마음으로 꽃을 피우느냐에 따라
그 마음이 꽃말이 될 수도 있다는 거.
그러니까 꽃 피워 봐.
이젠 다른 사람을 위해서가 아니라, 널 위해서.

그렇게 살자

수백 년을 누리고 살 것도 아닌데
우리 예쁜 것만 보고 살자.
지금 너를 보고 있는 나처럼.

그렇게 살면 언젠가
네 눈에도 꽃이 피겠지.

예쁜 말

너는 알까.
내 입술에 벙그는 예쁜 말들이
바로 너로 인해 생겨난다는 걸.

홀씨

내 마음 안으로 날아온 홀씨가
네 웃음소리 한 음절에
기어이
꽃을 피워 내지, 뭐야.

너는 모르지

밤이 부푸는 허파 속에
별들이 알알이 박혀 있는 이유
너는 모르지.
너 하나 비추려고 여러 날 밤마다
수차의 별빛들이 모여
도란도란 빛을 내고 있었던 거
너는 모르지.
내가 왜 그토록 빛을 내려고 했었는지
왜 온 힘을 다해 빛을 내고 있었는지
너는 모르지.

꽃무늬

행복은 목적지에 도달했을 때가 아니라 그 과정에서 느껴볼 수 있다고 한다. 나는 너의 발길이 닿는 곳마다 색색의 꽃무늬가 물결처럼 넓고 길게 퍼져 나갔으면 좋겠다. 그래서 나 있는 곳까지 와 줬으면 좋겠다. 나까지 행복할 수 있게.

문득

겨울 햇살이 창틀에 고였다.

기다리지 않아도
피어나는 꽃처럼.

갑자기 당신 생각이 났다.

능금

희읍스름한 아침이슬이 우리의 어깨 능선으로
눈송이처럼 쌓여 갈 때, 너는 나에게 속삭였지.

"애인아, 이제 우리가 능금처럼 부풀어 오를 차례야."

영영

봄이 영영 오지 않아도 좋아.
이제 봄 대신 네가 있으니까.

동풍

햇살 눈부신 어느 좋은 날들의 바람처럼
내 응원이 너에게도 전해지기를.

슬픔과 행복 사이
한 걸음도
헤매지 말고

사계절 내내
꽃으로 피어 있기를

2부

당신의 상처가
　　꽃잎처럼 아물었으면 해서

적당히 아파하고 적당히 슬퍼하기를

그래, 삶이 항상 봄날일 수는 없겠지. 그런데 나는, 네게 굳이 아플 일이 생겨도 적당히 아파하고 적당히 슬퍼하고 그러다 날이 적당한 봄이 찾아오면 입춘을 앞두고 강변에 모여드는 새처럼 적당히 일상으로 돌아가서 너를 진심으로 걱정해주는 좋은 사람들과 조금 과하다 싶을 만큼 행복했으면 좋겠어.

상처

어떤 말들은 공기 중으로 흩어지지 않고
누군가의 가슴속에 영원히 살게 된다.
휘발되지 않고 영원을 사는 것.

그게 바로 상처다.

그럴 때가 있다

나를 잘 아는 사람이 많아지면 덜 외로울 것 같지. 아니야, 더 외로워져. 내 모든 걸 다 알고 있는 사람들에겐 더 이상 뭘 털어놓기가 힘들어지거든. 가끔은 숨기고 싶은 것도 있는데 혹시나 들키지는 않을까, 말을 더 아끼게 되고. 또 그 사람들의 하루에 나 때문에 먹구름이 끼면 어쩌나, 같이 무너져 내리면 어쩌나, 더 웃어 보이게 되고. 그래서 가끔은 나에 대해 아무것도 모르는 사람들이 몇십 년을 알고 지낸 사람보다 더 편할 때가 있어.

잃어 본 사람만 안다

바람이 무슨 마음으로 부는지.
뼛속까지 스며든 상실의 고통에
풍차가 어떤 표정으로 회전하는지.
쉽게 이해받지 못한 그 아픔을
다 잃어 본 사람은 알지.

삶을 대하는 자세

"상황이 나쁘면 얼마나 더 나빠지겠니. 살아야 해서 사는 사람도 있고 죽지 못해 사는 사람도 있겠지만 일단은 닥치면 살게 돼 있어."

그래, 나쁘면 얼마나 더 나빠지겠어. 걱정만 앞세우고 산다고 그 일이 바로 해결되는 것도 아니잖아. 더 나빠질 게 두려워서 불안의 시간을 보내는 것도 최소한 정답은 아닐 테니까. 지금은 변수를 대하는 유연함과 침착한 행동이 필요한 때지.

엄마 꽃

"아들아. 엄마가 살아 보니까, 애써 꽃 피우지 않아도 괜
찮은 날들이 정말로 괜찮은 날이더라."

알아. 남들 앞에서 꽃을 피우며 사는 게 얼마나 힘든 일이었
는지. 사람들은 꽃이 피어난 아름다움은 알아도 피어 있는
동안의 고충은 잘 알지 못하니까. 그래서 그게 얼마나 힘들
고 외로운 일인지 잘 알아. 가끔은 우리가 벽에 쓸리는 아픔
을 경험하게 되는 건 누군가의 아픔을 이해하기 위해서라던
데, 이제 조금은 알겠어. 엄마도 이렇게 힘들었겠구나. 자식
들 몰래 모래알 같은 세월을 삼키느라 꽃대가 다 휘어진 줄
도 모르고 살았겠구나. 꽃 피울 힘조차 남지 않았을 때 아
무런 내색 없이 이렇게 간신히 꽃 피우며 살았겠구나.

애드리브

*다들 그렇게 산다고 하니까, 그렇게 사는 게 정석이라고
들 하니까, 나름 열심히 살고 있다고 생각했는데 갑자기
그런 생각이 드는 거야. 젊음을 팔아 노후를 대비하는
것만이 정말로 잘 사는 걸까. 혹시 젊음과 늙음 사이의
시간을 거꾸로 살고 있는 건 아닐까.*

오늘의 나는 어떤 표정으로 하루를 보냈을까. 윤 대리는 헐
어 버린 입안처럼 마음까지 헐어 있다는데. 이물스러운 표정
을 뒤집어쓰고 사느라 돈과 행복 사이의 미로처럼 그만 안
과 바깥이 모호해지고 말았다는데. 그래서 잃었다는데.

표정도, 일상도.

있잖아, 우리 좀 뻔해도 되지 않을까. 건설적인 성공도 좋지
만 짜인 각본대로만 살기엔 우리의 젊음이 너무나 짧고 아
깝잖아. 삶이 건조하지 않도록 가끔은 애드리브도 치면서

그렇게 살아 봐도 되지 않을까. 시간은 커피처럼 테이크아웃이 안 되니까.

모란

모란이 피고 지는 마음까지야 어쩌겠어요.

그대 떠나시는 길

무르고 넉넉하지 못한 마음이 들까.

그게 걱정이지요.

사연 없이 흐르는 바다가 어디 있겠어요

한 여자가 감꽃 같은 맨얼굴로 창가에 앉아 술을 마시고 있습니다. 사혈 같은 검푸른 그림자가 눈가에 번지는 줄도 모르고 추적추적 켜지는 가로등처럼 뚝, 뚝, 낙숫물을 흘리고 있네요. 아마도 바람이 불어온 이후의 잔상이 가장 시리다는 걸 술잔과 함께 삼키고 있는지도 모르겠습니다.

술잔이 요란하게 달그락거리는 옆 테이블에서는 한 남자의 자화상 같은 침묵 소리가 들려옵니다. 길을 잃어 헤맨 어느 순간, 아득한 정신을 차리고 보니 인생은 이미 미끄러져 있었노라고. 형언할 수 없는 현실 앞에 연일 넘어지는 인생이었노라고.

회한을 내쉬는 한숨 속에 얼마큼의 말을 욱여넣고 살았을까요. 차마 뱉어내지 못한 말들은 단단한 조개껍데기처럼 안으로 퇴적되어 굳어 있을까요. 말은 언어를 잃은 지 오래고 입은 실어에 걸린 것만 같은 하루가 성긴 밤사이로 지나가고 있습니다.

나날이 품고 있으리다

마음이 전부인 사람들은 언젠가 그 마음을 모두 잃어 본 사람들이오. 얻었던 마음도, 방출당한 마음도.

슬프도록 깊은 가느다란 메아리처럼 당신이 내게 분분한 끝맺음을 말하는 순간에도, 등불같이 일렁이다 소등하는 저녁노을처럼 당신과의 인연이 스산히 저무는 순간에도, 그런 순간에도, 나는. 그대가 참으로 어여뻐 뵈기만 했소. 그래서 내 욕심 하나를 말하자면 당신이 언제 어디에서나 이렇게 계속 어여뻐 주는 것이오. 슬픔과 행복 사이 한 걸음도 헤매지 말고 사계절 내내 꽃으로 피어 있길 바라오. 나는 괜찮소. 미안한 표정 짓지 마시오. 내 비록 당신을 잃었으나 이 바램만큼은 나날이 품고 있으리다.

이해한다는 건

지나온 세월보다 아직 살아갈 세월이 더 많지만

살다 보니 조금은 알겠더라고.

나무를 이해하려면 직접 나무가 되어 봐야 한다는 걸.

그냥 바라보는 것만으로는 결코 나무가 될 수 없다는 걸.

세상을 이해한다는 것은 곧 타인을 이해하는 거였다는 걸.

겨울과 봄 사이

떠난다고 해서 다 나쁜 건 아니야. 겨울에 떠나 봄에 돌아오는 철새처럼 어떤 경우엔 잘 돌아오기 위해서 떠나는 경우도 있으니까.

이면

상처받지 않으려고 되려 상처를 입히는 사람들이 있어. 말이라도 독하게 하면 상처받을 일도 없을 거라고 생각하는 거지. 그래서 마음이 아파, 그런 사람들을 만나면. 옷깃을 꽁꽁 여미고 있는 사람처럼 혹시라도 자신의 약점 한 올이라도 들킬까 봐 매번 그렇게 필사적일 것 같아서. 상처받지 않으려고 몸부림치고 있는 것 같아서. 그런 사람들은 또, 입은 웃고 있는데 눈꼬리는 슬퍼. 말은 독한데 눈빛은 또 떨리고. 그래서 짠해.

알아도 스며들지 못하는 것

인생이라는 게 참 드라마 같지. 스토리가 내 마음처럼 흘러
가지 않고 항상 반전의 반전을 거듭하는 게. 비애 가득한 장
면이 안타까워도 천천히 스며드는 물감처럼 묵묵히 받아들
일 수밖에 없고. 가끔은 뭐가 좋고 나쁜 건지도 잘 모르겠
고 말이야. 그런데, 인생이 그렇다는 걸 알아도 네가 아프고
힘든 건 정말 보기가 싫네.

그해 여름밤

"그동안 잘 견뎌 왔다고. 그 누구도 당신처럼 그렇게 잘
견뎌 내지 못했을 거라고."

그렇게 말하는 사이 여름밤의 농도 짙은 빗방울이 하나둘씩
떨어지기 시작했다. 차마 고개를 내밀 수 없어 피어나지 못
한 꽃들이 이 세상에 얼마든지 많다는 것을, 스산한 밤하늘
이 새벽으로 저물고 나서야 비로소 알게 되었다.

별거 아닐 리 없는

간혹 있어.

타인의 아픔이 쉬운 사람들.

상처를 벌려 보고도 별거 아니라는 사람들.

어느 것 하나 쉽지 않은 세상에서 얻어진 아픔이

별거 아닐 리 없는데.

반감

오랜만에 친구를 만났다. 예고 없이 잡힌 약속이라 서로의 중간 지점이 어디인지 뇌리에서 노선을 더듬어 보고 정해진 장소로 급하게 몸을 실었다. 우리는 만나자마자 지근거리에 있는 아무 카페로 들어갔다. 친구는 아메리카노를 주문했고 나는 바닐라 라테를 주문했다. 웬만하면 칼로리 폭탄은 피하고 보자는 주의인데 오늘만큼은 내 자신에게 너그럽기로 했다. 우리는 등받이 의자에 기대앉아 회포를 풀듯 왁자지껄 흥미로운 이야기들을 주고받았다. 개중 바빠서 연락이 소원해진 다른 친구들의 소식도 간간이 들을 수 있었다. 그러다, 다소 멀찍이 떨어진 뒤쪽 테이블에서 귀 끝을 잡아당기는 한 남성의 목소리가 들려오기 시작했다.

"사람 만나는 직업이잖아. 그렇게 오래 했는데 아직도 사람을 몰라?"

일부러 엿들으려고 한 건 아니다. 카페 안에서 흘러나오는 음악 소리가 묻힐 만큼 남성의 목소리가 제법 컸던 탓이다. 남성은 어떤 영문인지, 무엇에 잔뜩 화가 난 듯 보였다. 상대를 질책하고 타박하며 몰아세웠고 여기에 해명이라도 하듯, 상대는 억울하다는 투로 대화를 이어갔다. 목소리를 들어보니 상대는 여성이었다. 이럴 때는 못 들은 척해 주는 것이 오래된 관행이라 굳이 뒤돌아보지 않았지만, 넌지시 주고받는 호칭으로 보아 둘은 연인 관계로 추정됐다. 도대체 무슨 일이 있었던 것일까. 빌려준 돈이라도 떼인 것일까. 사람을 많이 만나는 직업이라 상처도 많았겠다. 친구와 나는 잠시 동안 흘렀던 정적을 깨고 다시 너스레를 떨기 시작했다. 낙조를 등지고 해 질 무렵, 친구와 헤어지고 나서는 곧장 집으로 들어갔다. 차를 끓이고 천양희 시인의 시집을 읽은 후에 다와다 요코 작가가 쓴 『용의자의 야간열차』라는 소설을 읽기 시작했다. 보통 시집 몇 페이지를 읽는 것으로 독서를 시작하는 편이다.

그런데, 오늘따라 이상하리만큼 집중이 잘되지 않는다. 활자가 눈에 잘 들어오지 않는 것이다. 상념 가득한 몰골이 머릿속을 헤집고 있는 기분이다. 카페에서 있었던 일 때문일까. 갑자기 남성의 목소리가 이미지처럼 맴돌기 시작했다. 나도 참 유난이다. 하는 수 없이 읽었던 책을 덮어 두고 의자에 기대 천장을 올려다봤다. 천장에 스며든 무드 등이 샛노랗

게 그을려 있었다. 그 상태로 한참을 멍하니 있다가 문득, 이런 의문이 들었다. 사람을 많이 만나게 되면 자연스레 사람도 잘 알게 되는 것일까. 사람을 잘 안다고 상처도 덜 받게 되는 것일까. 내 생각에는 아니다. 누구든 그럴 수 있으리라 장담할 수 없다. 누구든 비수같이 날아드는 독설을 피해 갈 수 없고, 살면서 신뢰했던 사람에게 배신당하는 일을 나만은 쉬 피할 수 있으리라 결코 단정할 수도 없다. 특히 배신행위에 기여한 당사자와 특별한 관계에 있다면 더욱 그렇다. 삶은 가끔 우리를 심판대에 올려놓고 차마 거절할 수 없는 애매모호한 상황을 부여하기도 한다. 단지 지혜로운 판단으로 그런 일을 당하지 않을 확률을 조금 높일 수 있을 뿐이다. 우산을 쓰면서 상의나 하의에 빗물 한 방울 튀지 않을 확률을 논하는 것은 무의미하다. 게다가 한 번 들은 귀는 씻을 수 없고 목도한 눈은 이전으로 무를 수 없다. 독설을 잘 견디는 사람과 독설을 잘 견디지 못하는 사람 사이의 간극은 불쾌하다는 기색이 낯빛으로 잘 드러나느냐, 잘 드러나지 않느냐의 차이뿐이다. 감정을 내색하지 않는 것과 마음이 상처받는 것은 별개의 일이다. 갑자기 마시던 차 맛에 반감이 커진다.

생이 쓰다.

관계

살면서 말을 안 하고 살아서 그렇지.
마음 피고 지는 일이 얼마나 힘들고 외로운 일인데.

살아 보니 그렇더라고.
가까운 관계일수록 이미 잘 안다는 생각 때문에
대부분 더 알려고 하지는 않더라고.

그래서 못 보더라고,
깊은 아픔은.

풍상

그래, 그동안
사는 일이 참 무거웠겠다.
그만한 아픔
가슴에 달고 사느라
얼마나 무거웠을까.

같은 말, 다른 의미

가끔 같은 말이라도
같은 말이 아닐 때가 있지.
이를테면
괜찮다는 말.

창밖에 내리는 소나기를 보며 이런 생각을 했어. 잘 견디고 있다고 믿고 있던 사람도 가끔은 소나기처럼 울 때가 있었겠다고. 찬 공기의 하강 기류가 그러하듯 그 마음이 얼마나 춥고 아렸겠냐고.

그래, 알아. 실은 괜찮지 않았다는 거. 어떠한 노력에도 괜찮아질 수 없었다는 거. 적요의 시작과 끝이 무분별한 밤처럼 이젠 괜찮다는 말이 누굴 위한 말인지 더 이상 알 수 없게 됐다는 거. 괜찮다는 말이 헐거워질수록 상처는 더욱 신열처럼 깊어져 갔다는 거.

또 가끔은

빗물에 젖은 마음을 안고

같이 울어 줄 사람이 필요했었다는 거.

자국

마음에 깊은 자국이 남아서 그래.
오늘은 술이 생각나는 밤이고.

살다 보면 아무리 속을 게워 내고 게워 내도
알 수 없는 것들이 생겨.
그리워도 그리워하면 안 되는 것처럼
내가 왜 이러는지 알면서 모르는 척
외면해야 할 때가 있거든.

굳이 왜 그래야 하냐고?

마음을 쓰면 쓸수록 아파지는 것들이 있으니까 그렇지.

감정의 밀도가 부푸는 밤에는
자칫 혼잣말에도 쉽게 체할 수가 있으니까.

다 살려고 하는 짓이지, 뭐.

밤바다

마음에 앓는 것이 있어 밤바다를 보러 왔다. 세상은 드라마 보다 복잡하게 흘러간다는데 무채색에 가까운 밤바다의 풍 경은 강보에 싸여 엄마의 품 안에서 잠든 아이처럼 평온했 다. 발끝에서 부서지는 포말의 파편들이 발목까지 스며들었 고 잔잔하게 일렁이며 낮은 자세로 쓸려 가는 파도 소리는 쉑쉑거리는 아이의 흰 숨결처럼 고왔다. 문득, 뭍에서 건져 올린 단어들이 혀끝에서 미감처럼 녹는다. 무언가 얇아진 기분이다.

검푸른 바다의 어느 한 지점을 오랫동안 바라보았다. 심연의 어둠도 이와 같을까. 누군가의 시선도 이렇게 오래 머문 적 있었을까 생각하다가 불쑥, 누군가 했던 말이 떠올랐다. 누 구인지 정확히 기억나지 않지만 바다가 생겨난 이유는 아픈 만큼 깊어서라고 했다. 아파서 슬픈 것보다 슬퍼서 아픈 것 들이 더욱 깊어서라고. 깊어서 고인 것이라고. 그래, 뭐든 깊 어서 흐르는 것이겠지. 수평선 너머로 흘러가는 저 바다처럼 삶도 도무지 헤아릴 수 없는 깊음이 있어 흐르는 것이겠지. 인생은 지구본과 같아서 직선으로만 흐르지 않고 곡선으로도 흐른다는 사실을 너무 늦게 알아 버린 건 아닐까 생각했다. 깊은 사색을 끝내고 수중에 잠겨 있던 생각들을 수면 위로 길어 올리니 어느새 썰물처럼 멀어진 것들이 밀물처럼 가까워지고 있었다.

포기한 사랑

상대의 마음을 돌보는 걸 포기한 사랑은
이미 죽은 사랑이나 마찬가지니까
너무 애쓰지 않았으면 좋겠어.

위태롭게 간신히 매달려 있는 낙엽처럼 그 마음이 얼마나 고
되고 힘들었을지, 으레 짐작만 할 수 있지만. 애쓴 만큼 변
하는 건 없고 서로 한 걸음도 발맞춰 나아갈 수 없다면, 그
래서 상대에게 더 이상 아무것도 기대할 수 있는 게 없다면,
애초에 그 관계는 그저 딱 그 정도에 머무르는 관계였던 거
야. 관계만큼 뜻대로 되지 않고 어쩔 수 없는 일들은 늘 있
어 왔잖아. 이 세상 더할 나위 없는 충분한 온기로 온전히
사랑받아야 할 그 마음이 더 이상 폐허가 되지 않도록,

벽을 바라보는 기분을 느끼는 건
이제 그만하면 됐어.

해무

떠나간 상대에 대한 아쉬움과 그리움이 아무리 커 봐야
결국 내 자신보다 더 애틋할 수는 없다.
그러니 부디
부질없는 희망에 너무 많은 시간을 쏟지 말길.
해무 낀 바다처럼
더 이상 당신 앞에 존재하지 않는 사람을 기다리느라
정작 자기 자신을 돌보는 일을 포기하지 말길.

봄바람

사랑이 그래. 뭐든 어렵고 쉬운 게 하나 없어.

"잔바람에도 마음이 일렁이는데 사랑까지 하다가 헤어진 거라면 얼마간 마음이 겪는 부작용이야 당연한 거잖아."

"버려진 게 아니야. 그 사람이 널 놓친 거지."

그때, 따뜻한 봄바람이 귓가에 속삭이듯 낮은 고도로 스치기 시작했다. 아직은 살 만한 세상이라고, 꼭 억지로 전부를 견뎌 낼 필요는 없다고.

쉽지 않은 말

극복하고 이겨내는 게 뭐 말처럼 쉽나.

눌러 삼키는 말처럼, 애써 잊은 척 외면하고 사는 거지.

당장 이겨내지 않아도 된다고.

아프면 아프다고 말해도 된다고.

무너지지 않을 만큼 아팠다가 다시 제자리로 돌아오면 된다고.

그래, 무너지면 또 어떻냐고.

원래 모든 시작은

무너진 잿더미 위에서 하는 거라고.

그렇게 다시 시작하면 된다고.

비 그친 오후

지난여름 산책길에서 우연히 말다툼하는 커플을 본 적이 있다. 감정의 파도가 휘몰아치다 한순간 일소된 현장처럼 여자의 목소리에서 마모된 감정들이 나지막하게 출렁거리고 있었다. 한참을 걷다가 뒤를 돌아보았을 땐 남자는 이미 어딘가로 증발하고 없는 상태였다. 여자만 홀로 그 자리에 남아 뒷말을 꾹꾹 눌러 삼키고 있었다.

잿빛 같은 풍경을 등지고 여자를 지나치는 많은 사람들이 모두 입김처럼 젖어 있을 것만 같았다.

어쩌면, 남자를 관통했을 그 날선 말들이 헤어지고 싶지 않은 여자의 몸부림인지도 몰랐다. 제발, 헤어질 이유가 생기지 않길 바라면서. 자신이 알게 된 사실들이 전부 거짓이기만을 바라면서.

그날, 비 그친 오후의 하늘은 아직 구름이 걷히지 않아 우중

충했다. 도보 위 아스팔트는 빙판처럼 반들거렸고 눈앞의 전경은 눅눅한 질감이 느껴질 것처럼 흐렸다. 산책을 끝내고 집으로 돌아가는데 회반죽 칠이 벗겨진 담벼락 밑에 웬 이름 모를 꽃이 젖은 물기를 말리고 있었다.

그래, 너도 눈물 마를 시간이 필요했겠지. 덜 주고 덜 아파하는 법을 몰라서 전부를 준 것처럼 피워 내고 살아내느라 그동안 부단히도 힘들고 외로웠겠지. 그런 네 마음도 몰라주고 시차를 두고 떠나가는 계절이 참 모질기도 하지.

이별의 이중성

사랑은 해 볼수록 모르겠고
이별은 이별을 할 때마다
전혀 다른 아픔으로 다가오고.

가끔은 실패한 사랑에 이런 변명을 해. 사랑이 사랑이라는
단어에 잘 녹아 흐르기만 했다면 세상은 이미 망해 버리지
않았을까, 같은. 그러면서도 내심, 한 번쯤 그렇게 망해 보는
것도 괜찮은 일이 아닐까, 변덕처럼 얼버무리면서.

정말 잘됐으면 좋겠어

잘하고 있다는 거 알아.

하지만 이미 잘하고 있는 것보다

나는 네가 더 많이 잘됐으면 좋겠어.

잊지 마. 때론 모두가 너를 알아주지 않더라도

홀로 새벽 밤을 밝히는 가로등의 불빛처럼

가끔 한없이 외로워지더라도

너는 이미 잘 해내고 있다는 사실을

너 스스로는 꼭 알아야 한다는 거.

산 그림자도 때가 되면 강물을 건너듯

그 어느 시점에 너의 지난 시간이 빛을 발하게 되면

그 빛은 아마 지나온 시간만큼이나

아주 오랫동안 발하게 될 거야.

그러니까

나는 네가 정말로 잘됐으면 좋겠어.

그러니 아프지 마라

네가 가끔
　외로움을 느끼는 이유.

　　　너 혼자
　　　꽃이라서.

꽃잎처럼

꽃이 피려면
먼저 꽃봉오리로 맺히는 순서가 필요해.

지금 네 마음도 뭉근 햇살의 포란처럼
따뜻하게 여물 수 있는 시간이 필요한 거야.

괜찮아, 서두를 필요 없어.
씨앗이 발아하는 모습을 지켜보듯
마음이 스스로 그 싹을 틔울 수 있을 때까지
조용히 숨죽이고 바라보기만 하면 돼.

침묵과 시선.
이것만 하면 돼.

자, 봐 봐.
이제 여기서 조금만 더 무르익으면
마음은 곧 싱그럽게 틔우기 시작할 거야.

거봐.

내 말 맞지?

꽃잎처럼 예쁘게 아물었지?

선인장

"나를 지키려고 세웠던 가시에 내가 찔려 살았더라고.
육십 평생 찔린 줄도 모르고 살았어, 바보같이."

- 종로의 모 단골 식당 아주머니

선인장은 알 수가 없었대요.
자기 몸에 꽂혀 있는 가시가 자기 몸에서 돋아난 가시인지
아니면 세월이 훑고 지나간 가시인지
그 어느 순간이 되기까지는
시린 새벽바람이 불어와도 알지를 못했대요.
언제 어디에서 긁힌 상흔인지 모르고 있었던 것처럼.

뭍과 수평선

바다에 혼자 오는 사람은 두 가지 특징이 있대요. 하나는
바다를 앞에 두고 뭍을 지그시 바라보는 사람이고 또 하나
는 시선을 멀리 두고 어딘가를 하염없이 바라보는 사람이래
요. 뭍을 바라보는 사람은 어떤 가까운 추억이나 회상에 젖
는 사람이고, 아득한 먼 곳으로 시선을 옮겨 놓는 사람은
돌아오지 않을 걸 알면서 누군가를 간절히 기다리는 사람이
래요.

과연 누구의 하루가 더 길까요. 사실 무슨 큰 차이가 있겠어
요. 돌아갈 수 없는 추억을 회상하는 거나, 돌아오지 않을
사람을 기다리는 거나.

타인의 감정

타인의 감정을 너무 쉽게 생각하지 말자.

이 넓고 넓은 세상만큼이나

실제로 겪어 보지 않고서는

도저히 알 수 없는 감정들이

늘 존재하기 마련이니까.

넘어지지만 마

겨울이 오면 서리가 내리고 바람이 불면 나뭇잎이 흔들리듯이 어떤 외부적 작용에 의해 흔들리는 건 너무나 자연스러운 일이야. 흔들린다고 해서 그게 꼭 한심한 일도, 부끄러운 일도 아니라는 뜻이지.

흔들린다고 해서 항상 다 무너지는 것도 아니야. 다시 중심을 잡으려면 몸을 여러 번 비틀대거나 흔들기도 해야 하니까. 마치 줄타기처럼.

바라보기만 한다고 꽃을 제대로 이해할 수 있는 게 아니듯, 이 모든 걸 필요한 과정이라고 생각한다면 모종의 위기에 대처하는 우리의 자세를 한층 더 안정적이고 능숙하게 만들어 주는, 아주 좋은 경험이 되어 있을 거야.

그러니까
얼마든 흔들려도 괜찮으니까, 넘어지지만 마.

밤의 은유

'밤이 되니까'라는 말은 꼭
혼자가 됐다는 말의 은유 같지 않나요.

누군가 왜 낮에 없던 감정이 밤만 되면 생기는 건지 물어왔
다. 그건 혼자가 되어서, 라고 답했다. 혼자가 되더라도 아
무런 어색함 없이 자연스럽게 흐를 수 있는 시간이라고. 내
가 어떤 생각을 해도 유일하게 익명으로 남길 수 있는 시간
이라고. 혹시나 스멀스멀 피어오르는 감정에 마음이 체하게
돼도 적당히 다독이고 적당히 여유까지 부릴 수 있는 시간
이라 그렇다고 말했다.

아끼지 말 것

좋으면 좋은 거지. 왜 굼뜨니.
왜 아껴, 마음을.
그러다 바람이 채 가면 어쩌려고.

싫어도 싫다고 제대로 말할 수 없는 세상인데
좋은 거라도 실컷 말하고 살아야지.
두 번 사는 인생도 그렇게 살면 아깝지 않을까.
돈은 아낄수록 저축이 되지만
마음은 아낄수록 병이 되는 거니까.

너의 내일은

계절에 밀려 꽃 진 적 있더라도 너의 내일은 괜찮을 것이다.
사람 사는 일이라는 게 항상 다 어제오늘 같지만은 않을 테
니까.

웅크린 고슴도치

타인의 시선에 나를 맞출 필요가 없다고 생각하다가 갑자기 그런 생각이 드는 거야. 나는 언제 한 번이라도 그 타인들 앞에서 내 자신을 제대로 보여 준 적이 있기는 했을까. 혹시 타인이 나를 낮춰 보기도 전에 내가 먼저 나를 낮춰 보고 있었던 건 아닐까. 웅크린 고슴도치처럼 으레 겁부터 집어먹고 내 진짜 모습을 숨겨 왔던 건 아닐까. 사실은 꽤, 괜찮은 모습이었을지도 모르는데.

자아의 방

가끔 심란해진 마음을 촛농에 녹이고 싶을 때가 있다. 그럴 때면 나는, 어김없이 라이터를 켜고 향초에 불을 붙인다. 심지가 타들어 가기 시작하면 뿌연 연기가 피어오르면서 반들거리는 미간 사이로 바닐라 향이 아로새겨진다. 방 안의 구석진 곳까지는 아니더라도 여기서 5분 정도만 더 있으면 제법 은은한 향기가 공간을 가득 메우기 시작한다. 심정적인 안정감. 일렁이는 심지를 물끄러미 바라보고 있으면 갈피를 잡지 못해 범람했던 마음이 어느새 한껏 고요해진다. 마음에 맑은 샘이 흐르는 것이다. 그러다 문득 알게 되는 것은 고요에도 분명 소음이 존재한다는 것. 가까워졌다가 멀어지는 창밖의 수다 소리. 가냘픈 손목처럼 흐르는 냉장고의 고주파 소리. 귓가에 기웃거리는 희미한 이명. 침묵이 계속되면 나의 모든 의식적인 흐름과 감각들이 깊은 수중 속으로 천천히 수몰되어 간다. 이내 멀리서는 풀벌레 소리가 들려올 것 같고 가까이서는 이불 뒤척이는 간헐적인 소리와 장작 타들어 가는 구수한 소리가 들릴 것만 같다.

이러한 청각적인 이미지를 시각적인 이미지로 달리 비유하면 꼭 물안개 같다고 해야 할까. 이렇듯 잔설 같은 소음이 어느 정도는 섞여야 비로소 고요는 고요일 수가 있다. 무음처럼 완전히 닫힌 세계가 아니라 반쯤은 열려 있는 세계. 빠져들었다가 언제든 다시 되돌아올 수 있는 자아의 방. 소란이 끊이지 않는 세상에서 몸과 마음을 나란히 누일 수 있는 유일한 공간. 일상의 과적을 싣고 살아가는 우리에게 꼭 필요한 시간이 아닐까.

여백 없이 사랑받고 행복해지기를

이모에게서 연락이 왔다. 늦봄에 파종한 수레국화꽃이 오늘 개화했다는 소식이었다. 다발로 피어난 푸른빛이 들에도 물들고 나뭇잎에도 물들었을 거라고 생각하니 기분이 좋았다. 수레국화꽃은 일년생으로 웬만한 파손에도 끄떡없이 발아한다고 한다. 한해살이풀 중 가장 강한 생명력을 지닌 셈이다. 그 꽃말도 행복이라고 하니, 이 글을 읽고 있는 당신도 새순처럼 피어나 다시는 아프지 않았으면 한다.

조금은 헤매도 괜찮아

식물에는 기공이라는 숨구멍이 있대. 그 숨구멍을 통해 호흡하게 되면 옅은 호흡 사이로 수분이 모이게 되는데, 그렇게 모인 수분이 결국 지구의 열을 식히는 에너지가 된다는 거야.

지구의 열을 식히기 위해 얼마나 많은 호흡이 필요했을까.

우리, 인생을 너무 등 떠밀 듯 서두르지 않았으면 좋겠어. 청공으로 흘러가는 저 느린 구름떼처럼, 우리도 그렇게 숨 좀 고르고 살아 보자. 삶이 조금 천천히 흘러간다고 아주 길을 잃게 되는 것도 아니잖아.

어느 술도가의 이야기 I

우리 같은 양조사들은 술만 빚는 것 같지? 아니야. 쓰린 밤을 어루만지듯 누군가의 하루도 같이 빚는 거야. 기분이 좋아서 술을 마시는 사람들은 같이 축배를 들어줄 한 사람만 있어도 충분하지만, 마음에 보풀이 일어난 사람들에겐 위로하는 마음 하나만으로는 턱없이 부족하거든. 그래서 더 신경이 쓰여. 밥 한술 더 떠먹이지 못한 부모의 마음처럼 괜스레 마음만 더 애달파져서, 그래서 그래. 그런 사람들의 하루 끝에 술잔 기울이듯 마음을 더 기울일 수밖에 없어. 자네도 전에 그랬잖아. 지금도 어디선가 사각거리는 연필 소리처럼 누군가 울고 있을지도 모른다고. 속 빈 항아리처럼 속으로 울고 있을지도 모른다고. 그래서 글을 쓰는 거라고. 우리도 똑같아.

어쩔 땐 너무 아프다 보면 자기 자신도 잘 모르는 경우가 많아. 그 속이 우물처럼 깊고 어두워서 자기가 왜 아픈지, 뭐 때문에 아픈지, 잘 못 보는 경우가 많거든. 안다고 해도 부러

외면하려는 사람들이 대부분이고. 그치, 나도 그래 봤지. 나라고 뭐 별수 있었나. 잊으려고 마셨던 술보다 왜 마시는지 몰랐던 술이 더 많았었지. 마음이 허하니까. 아무리 사람들과 부대끼고 살아도 마음만은 외로웠으니까. 그래서 계속 들어갔지, 술이. 마시는 것 말고는 할 수 있는 게 없었으니까.

혹시 누룩에 발효되는 고두밥 익는 소리 들어봤어? 응, 술 익는 소리. 다음에 꼭 한 번 들어 봐. 꼭 소낙비 내리는 소리 같아. 불멍 때리듯 가만히 앉아 그 소리를 듣고 있으면 괜히 막 마음이 애잔해진다니까. 마음에만 담아 두기엔 아픈 말들이 많아서 그런가, 가끔 거품이 이는 항아리 속을 들여다보고 있으면 나도 모르게 자꾸 이렇게 계속 구시렁거리게 돼. 괜찮다, 괜찮아. 어떻게 달기만 하고 쓰기만 한 게 인생이겠나. 흘러가면 흘러가는 대로 뭉개고 사는 법을 배우는 것도 인생이다. 천수를 누리는 것도 감지덕지할 생, 어디 상처라고 백 세를 넘기겠나. 기억처럼 희미해질 거다, 모든 게. 흘러갈 건 다 흘러가고 마음에 부유물처럼 떠다니는 것들은 모두 계절 따라, 세월 따라, 죄다 그렇게 지나갈 거다. 그러니 지나가 버릴 것들에 마음을 꽉 쥐여 주면서 살지는 말자. 있으나 마나 한 것들 품고 있어 봐야 뭐 하나 쓸모 있는 게 없다. 괜찮다, 괜찮아. 이렇게.

응? 뭐라고? 아 그래그래.

내가 오랜만에 기가 막히게 한 잔 말아 줄게.

자, 맛 좀 한 번 봐 봐. 그래, 옳지.

누누이 말했지만 술은 향으로 시작해서 맛으로 끝나는 거야.

어때, 좋지. 달쓰스름하면서 좋지.

나는 누가 말아 주는 술이 그렇게 좋더라.

물결

물결은 말했다.

흐를 수만 있다면
얼마든지 구겨질 수 있다고.
구겨져야 물결일 수 있다고.

물결은 어느새
한 노인의 이마가 된다.

그냥

이런 일 저런 일 겪어 보니 알겠더라. 세상엔 그냥이란 말보
다 그냥이 아닌 순간들이 더 많다는 거. 나는 네가 최소한,
아픈 걸 그냥이란 말로 때우지 않았으면 좋겠어. 그냥이란
말로 간단히 지워 내기엔 아픔은 새벽보다 깊고 상처는 낙
서 같은 게 아니니까. 아무것도 아닌 아픔 같은 건 이 세상
에 존재하지 않으니까. 그러니까, 술잔만 받지 말고 위로하면
위로도 좀 받아. 가끔은 그래도 돼. 상처도 방치하면 흉터로
남듯이 슬픔도 위로받을 때를 놓치면 마음에 깊은 멍울로
남는 거야.

그냥
오늘 하루도
수고 많았다고
너도, 나도

3부

너의 밤도

길겠지

겨울밤

한때 철판에 굽는 고기처럼
내 마음이 다 타들어 가는 줄도 모르고 살았던 적이 있다.
조각난 케이크처럼
감정을 덜어 내고 살 수만 있다면 얼마나 좋을까.

그런데, 사실 나는 지금도
여전히 네가 문득 궁금해.

겨울 한기가 가득한 이 밤,
지금 네 눈동자에도 달이 떴을까.

그냥, 그런 생각

몸이 지치는 건 조금만 쉬어도 회복이 되는데 마음이 지치는 건 아무리 쓸고 닦아도 회복이 안 되더라. 그래서 생각했어. 우리는 이미 멈춰 버린 시계처럼 일도, 연애도, 그렇게 고장이 나버린 게 아닐까.

프롤로그

흘러가 버린 기쁨과 슬픔. N극과 S극.
지금 내 기분은 어디쯤에 서 있을까.

그런 날 있지 않아. 이상하게 모든 게 꼬여 버리는 그런 날. 기상청 말만 믿고 우산 없이 나갔다가 퇴근길에 갑자기 비가 쏟아진다거나, 남들 쉬고 있을 때 쉼 없이 일하고 잠시 쉬고 있었을 뿐인데 상사한테 불려 가 누명 쓴 죄수처럼 궂은 면박을 당한다거나, 어제는 속삭이듯 사랑한다고 말했던 사람이 오늘은 미안하다는 흔한 말로 갑자기 이별을 통보해 오는 그런 날. 오전엔 흐리고 오후엔 맑음이라더니 오늘의 날씨도, 오늘의 운세도, 그녀의 마음처럼 모든 게 오보인 바로 그런 날.

인생은 왜 영화처럼 프롤로그가 없는 걸까.
하긴 그럼 그게 인생이게, 영화지.

지금 이 순간

세상 아무리 잘 살아도 인생이라는 단어 앞에 넘어지는 날이 더 많아. 사람들 모두 각자의 모양대로 살아가는 것 같지만 자세히 들여다보면 우리 몸 안에 있는 세포처럼, 사는 모습은 다 거기서 거기거든. 그러니까 우리 지난날에 얽매이느라 지금을 놓치면서 살지는 말자. 인생은 영화 한 편보다 길지만 지금 이 순간만큼은 영화의 한 장면보다 더 짧게 흘러갈지도 모르잖아.

선한 거짓말

"선한 거짓말이라는 게 어딨어.
그 거짓말에 속았던 사람은 아팠을지도 모르는데."

아무리 아픈 진실도 거짓말보다 아프지는 않다. 나를 위해
서였다는 그 말이 거짓이었다는 것을 아는 순간, 속은 사람
은 밤마다 혼자 앓고 견뎌야 할 것들이 생긴다. 소중한 사람
앞에서는 언제나 진심이 최선이어야 하듯, 진실을 말하는 것
도 그렇다.

이해와 배려 사이

이해는 한 발 뒤로 물러서는 것.
배려는 내 불편을 감수하는 것.

가장 어려운 일

세상에서 가장 힘든 일이
평범하고 행복해지는 일이라던데

그 가장 어렵고 힘든 일들을
밀린 고지서처럼 스스로에게 독촉하느라

우리는 점점 더
힘들어하고 있는 건 아닐까.

소중한 사람

시간이 지나 보니 알겠더라고요.

내가 정말로 소중히 아껴야 할 사람들은
항상 한 걸음 뒤에 있었다는 거.

나를 단 한 번 지나친 적 없었던 사람들을
나 혼자 지나치고 있었다는 거.

그러니까
가끔 뒤도 돌아보고 살아요, 우리.

그래야 잃지 않을 수 있어요.

어떤 기다림

뭔가를 해 주는 건 쉬워.
하지만 아무런 대가 없이 기다려 주는 일은
결코 쉬운 일이 아니지.
그건, 정말 사랑이 아니고서는 할 수 없는 일이니까.

명

그래, 알지. 세상에는 나의 장점만 봐 주려는 좋은 사람들이 많다는 거. 하지만 반대로 어긋난 빗장처럼 뭘 해도 계속 멍이 드는 관계가 있더라고. 이를테면 내 수많은 장점보다 단점만 궁금해하는 사람들. 덫을 놓고 기다리는 포수처럼 허공에 떠도는 소문에 미리 밑줄을 그어 놓고 어떤 게 진실인지 가늠하기도 전에 내가 무슨 말을 해도 어깃장을 놓고 비난을 멈추지 않는 사람들. 애초에 내 설명은 중요하지도, 필요하지도 않았을 그런 사람들.

그런 사람들과의 관계를 개선하기 위해 내 인내를 소진하는 건 말 그대로 에너지를 허투루 소비하는 것과 같아. 엄한 곳에서 우물을 파는 격이라 관계에 환멸을 느끼고 곧 정신적인 피로에 노출되어 녹초가 될 수밖에 없지. 그 사람에 대한 실낱같은 기대로 혹시나 하는 마음이 현재의 감정선처럼 복잡하게 엉켜 있을 테지만, 우리가 여기서 분명히 알아야 할 사실은, 우리는 우리 자신을 위해 조금 더 냉소적일 필요는

있다는 거야. 멍이 드는 관계는 무슨 짓을 해도 계속 멍이
들 수밖에 없으니까.

발화점

"어떤 일이든 갑자기 생겨나는 건 없어.
어느 시점에선가 그 일은 이미 시작되고 있었던 거지."

화재를 진압하는 소방관이 가장 먼저 집중하는 곳이 있다고 한다. 바로 발화점이 낮은 곳. 즉, 불이 시작된 곳이다. 문제 해결의 실마리 역시 일이 시작된 곳에 있다.

하지만 여기서 주의할 점은

우리가 찾았다고 생각한 문제의 시작점은 사실 착각에 기인 한 것일 수도 있다는 것. 알고 보면 그곳은 문제가 시작된 지 점이 아니라 이미 과도기 상태를 지나온 어느 한 지점일 수 도 있다는 것.

전제의 오류

서로의 다름을 받아들이지 못하면
상대가 틀려야 한다는 전제만 남는다.

벽

현실의 벽보다
마음의 벽
높다는데

마음의 벽 높은 이유
현실의 벽
때문인 건

왜
모르나.

소통

내 안에만 갇혀 있는 생각은 절대로 자라나지 않아.
뭐든 고이면 썩기 마련이지.

'아'라고 한 말을 '어'라고 받아들여서
내 식대로 생각하고 소통하지 말 것.
내 관점에 부합하도록 상대를 함부로 바꾸려 들지도 말 것.
오히려 그 세계를 이해하기 위해 나 자신부터 비워 볼 것.

만약, 상대가 사랑하는 사람이라면
오히려 그 모습도 당신을 구성하는 일부분이 아니겠냐며
그저 봄처럼 좋다고 말해 줄 것.

더더욱 사랑해 줄 것.

과거

"분명한 건
과거에 머물러 있는 사람은
현재도 과거처럼 살게 된다는 거야."

풋사과

한때, 사과를 받아 주지 않던 사람을 미워한 적이 있다. 정말 미워서라기보단 뭘 어찌해야 좋을지 모를 막막한 감정이 서운한 감정과 교차했던 것 같다. 관계 복구의 골든 타임을 놓친 대가로 서로 눈을 마주치는 일이 급격히 줄어들었고, 멀어지는 관계의 틈서리로 서늘한 기류만 훅, 끼쳐 들었다. 그렇게 물안개 같은 시간이 지나 이젠 서로의 존재가 희미해질 대로 희미해졌을 즈음, 어쩌면 그때의 나는 하루빨리 내 불편한 감정만 해소하고자 풋사과처럼 설익은 사과만 연신 해댔는지도 몰랐다. 내 이기심의 발로로 상대의 마음을 들여다볼 생각도 하지 않고 벽에 쓸린 살갗처럼 껄끄러워진 내 마음만 돌보느라 여념이 없었던 것이다. 한 줄의 진실을 말하기 위해 백 가지의 설명이 필요하다는 말처럼, 진심 어린 사과 역시 그만한 노력과 시간이 필요한 일이었는데. 상대 마음까지 돌보는 일이었는데. 그땐 그걸 몰랐다.

시듦에 대하여

만약 꽃이 시들지 않고 영생을 얻는다면 우린 시듦에 대한
의미를 알 수 없고, 다시 피어난다는 것의 가치도 알 수 없
을 거야.

지문처럼 남아있는 이름

까닭 없이 그러고 싶을 때가 있다. 내가 아는 모든 이름과 피렌체의 거리를 걸으며 두오모 끄트머리에서 꺾이는 낙조의 풍경을 함께 바라보고 싶어진다. 환희에 찬 미소를 나누며 능금처럼 달아오르는 얼굴 없는 얼굴들이 나는 가끔 그리워진다.

내 망막에 맺히는 수많은 것들. 잔나비처럼 날갯짓하며 하강하는 연한 꽃잎. 여행길에서 마주친 희부연한 시골 마을의 풍경. 솜털 도드라진 귓불을 휘감고 저 아득한 먼 곳으로 흘러가는 시냇물 소리. 그 틈입으로 다가와 보름달처럼 얼굴을 쑤욱 내밀고 휘영청 웃음 짓던 사람들. 얼굴은 뚜렷하지 않지만 지문처럼 남아 있는 당신들의 이름.

"가파른 세월 속에 얼굴은 바래도 이름은 변하지 않아. 기억하기에도 쉽고."

"이름을 떠올리면 사람만 떠오르는 게 아니야. 그 이름과 얽힌 장소도 같이 떠오르는 거지."

"응, 그래서 좋아. 이름 기억하는 거."

햇살 번쩍이며 레일을 훑는 차창 너머로, 초록이 풍성한 계절이 관성의 법칙처럼 반대 방향으로 쓰러진다. 미간을 잇는 눈썹처럼.

그런 인연

어떤 인연은 평생 그리워만 해야 하는
그런 인연도 있는 거라고.

보고 싶은 거랑 그리운 건 달라. 보고 싶은 건 혼자 앓는 밤마다 내가 여러 번 무너질 수도 있다는 뜻이지만 그리운 건 이젠 내가 어느 정도 덤덤해졌다는 뜻이거든. 무너지지 않을 만큼의 덤덤함. 그래서 그리워해도 돼. 아무리 세상이 뒤집어져도 단지 그리워하는 것만으로는 그 어떤 일도 일어나지 않을 테니까. 설령 그 덤덤함에 개미 눈곱만큼의 균열이 생겨도, 하루만 자고 일어나면 그 작은 균열을 메우는 데는 별문제 없을 테니까.

그런데, 오늘은 조금 위험한 것 같네.
보고 싶은 건 아닌데 왜 이렇게 마음이 아픈 걸까.
왜 견디기 힘든 걸까.

미풍

너를 볼 때마다 미풍처럼 밀려오는 감정이
참 따뜻하고 좋았어.

이런 내 마음을 네가 영영 알 길이 없을까 두려우면서도
또 한편으로는 그렇게 영영 알 수 없을 거란 사실이
참 다행이다 싶기도.

수신인 없음

당신과 보낸 사계절 중, 유독 겨울만이 기억에 오래 남습니다. 추위도 아랑곳 않고 겨울의 단내를 쫓으며 눈길 위를 서걱거렸던 날들. 젖은 자갈처럼 연한 당신의 목소리가 참 많이 좋았던 날들. 이대로가 전부라고 해도, 설령 동사하였다고 해도, 그래도 좋았을 날들.

당신은 저에게 날씨 같은 것이었고 계절 같은 것이어서 당신의 기분에 따라 제 마음 안에서는 별이 뜨고 지는 날이 많았습니다. 지나간 사랑은 계절처럼 남는 거라고, 누군가 했던 말이 떠오르네요.

십이월의 오늘, 당신이 어디서 무얼 하며 지내는지 제가 전혀 알 길은 없지만 가끔은 이렇게 당신을 조용히 그리워해 보는 것도, 썩 괜찮은 일이 아닐까 생각해 봅니다.

눈꽃처럼 유빙하는 맑은 눈으로 항상 좋은 것만을 보며

어디선가 잘 지내고 계시기를.

이 말만 가슴에 새깁니다.

꿈

첫 만남의 안녕과 끝 만남의 안녕이
서로 다른 의미로 쓰이는 것처럼.

꿈을 꿨다. 이화동 벽화마을과 비슷한 거리에서 회기(回期)를 거부하듯 시야에서 멀어지는 당신의 뒷모습이 보였다. 고요하게 내리다 이내 녹아서 사라지는 한 줌의 눈꽃처럼 당신도 그렇게 사라져 갔다. 꿈에서 깼을 땐 잔바람에 휘날리던 당신의 숨결 같은 머리칼이 떠올랐다. 만남의 끝과 이별의 끝이 어떻게 다른지 생각했고 새벽이슬처럼 맺힌 당신의 시린 이름이 점멸하는 신호등 위로 오랫동안 겹치고 있었다. 부질없다.

확신이라는 함정

확신과 믿음이 있다는 건 좋은 일이야. 가끔 불가능한 것
도 가능하게 만들어 주잖아. 그런데 곰곰이 생각해 봐. 네
가 믿고 있는 확신이 혹시나 너를 기만하고 있지는 않은지.
그 확신에 배신당하고 싶지 않아서 네가 해석하고 싶은 대
로 뇌리를 이끌고 있는 것은 아닌지 말이야. 뭐든 넘치지 아
니한 만 못하는 세상에서 의심을 배제한 확신은 언제나 위
험한 거니까.

밀어의 밤

누구에게나 밤이 되면 파문에 이르지 않을 만큼,
딱 그만큼 누설되고 싶은 것들이 있지 않나요.

저녁 안주머니에 넣어 둔 밀어들이 어두운 목구멍을 지나
나체처럼 발가벗는다. 차마 전할 수가 없어 단 한 번 노출한
적 없는 말들이 뼈처럼 뿜어져 나오는 하얀 입김 사이로 언
어의 살을 붙이며 모체의 입안으로부터 태어나기 시작하는
것이다. 입김이 적요의 일대로 흩어지는 순간까지 말은 언어
의 형태로 생동하게 되고 그 생동의 언어에는 비밀이 적재된
미열 같은 속앓이와 새벽바람처럼 맺힌 당신의 시린 이름이
있다. 이건 정말 누구에게도 누설하지 않았던 비밀인데, 한
때 불면의 거리를 배회하며 당신의 이름을 유기했다가 다시
데리고 돌아온 일이 수회는 있었다.

아무것도 비추지 않는 오늘 같은 밤에는 내가 무슨 말을 하

게 되더라도 괜찮다. 듣는 이가 없어 떠도는 말들은 한시적으로만 명멸하므로 그것만으로는 아무런 일도 일어나지 않는다. 푸른 바다도 어스름한 저녁이 찾아오면 스스로 그 푸름을 걷어내고 두 눈을 감듯이 지금은 어떠한 밀어를 발설한다고 해도 베일에 싸일 수 있는 무해한 밤이다.

어딘가로 유실된 밀서처럼
평소엔 누설되지 않아도 좋았을 순간들.
언어의 그림자 같은 속 모를 밀어들이
자유롭게 나뒹굴 수 있는 밤.

오늘따라 유난히 빗소리가 참 좋다.

깊은 사색

가습기 소음과 피아노 소음이 한데 섞이면 그렇게 심적으로 안정감이 들 수가 없다. 정적인 공간에서 새벽 밤은 느긋하게 기울고 한 박자 느려지는 폐호흡에서는 잔잔한 일렁임 같은 게 느껴진다. 굳이 바깥으로 나가지 않아도 마실을 다녀온 것처럼 묘하다. 덕분에 한 땀 한 땀 기워 온 지난 시간을 오래 생각하게 됐다. 오래 생각한 말미에 순간의 진심과 순간의 결심들이 더러 생겨났다.

어떤 곡해도 없는 시간.

휴식기

마음의 휴식기를 가져 보고 싶어서 미뤄 뒀던 소설책 하나를 읽기 시작했다. 그림 강사를 그만둔 여주인공이 시골에 거주하고 있는 이모를 찾아가는 내용인데 한적한 시골 마을 풍경이 상상력에 더해져 괜스레 안도감 같은 것을 느꼈다. 시골도 사람들이 사는 곳이니만큼 나름대로 갈등도 있겠고 도시에서의 생활 습관 때문에 여러 불편한 점도 따르겠지만, 자연으로 회귀하듯 나도 그런 한적한 곳에 내려가 쉬어 보고 싶다는 생각이 들었다. 사회라는 각박한 무대에서 벌어지는 치열한 경쟁과 고단한 인간관계에서 벗어나 어딘가로 돌아갈 곳이 있는 여주인공이 꽤 사무치도록 부러웠다.

돌아갈 곳이 있으면 시작도 다시 할 수 있지 않을까.

두 갈래

남한텐 당연했던 게 부러웠을 수도 있고.

나한텐 당연하지 않았던 것들이 힘들었을 수도 있고.

오백 리 길 등대

아이고, 야야, 아서라. 어디 자식 일이 부모 바람대로 돼 간
디. 그야 부모 그늘에 있을 때 야그지. 아무리 남의 다리
긁는 소리라 해 싸도 갸가 델꼬 살 머시마는 갸가 맘에 들
어야 쓰지. 근게 갸도 갸 인생 살라고 그러는 거여. 부모라
고 모든 것을 다 해 줄 수도 없는 법인 게. 부모라고 항상
다 옳기만 한 것도 아니더라. 그저 애비 없이 내 등만 보고
자란 내 딸내미, 제발이고 나처럼만 안 살았으면 허지. 허이
고, 걱정도 팔자여. 애미인 나도 괜찮다는디, 시방 니가 왜
난리여, 참말로. 갸도 뭔 생각이 있겠지. 그려, 내 딸내미
선택 내가 안 믿어 주믄 누가 믿어 주것냐. 갸가 대관절 어
디 가서 기대것냐고. 애미라서 그렇다, 애미라서. 믿어 주는
것도 부모가 할 일인 게. 그려, 인자 그만 끊어. 실없이 전
화비만 나온 게.

무제

내가 무심코 지나쳤던 것들이
나를 무심히 지나쳐 버릴 수 있음을.

오답

지적하는 만큼 상대를 이해하기가 더욱 어려워지는 것 같아. 그만큼 나를 돌아보는 데에도 소홀해지고. 남의 오답만 찾다 보니 어느새 내 오답은 잘 안 보이게 되더라고.

기일

그 계절에 우리는 어떤 유서를 남겨 두었을까요.

그 사람은 첫눈을 좋아했어. 몇 번의 눈이 내려도 첫눈이 아니라면 아무런 의미가 없다고 생각했거든. 그런데 어젯밤, 어떤 속설이 있기라도 한 것처럼 창밖 너머에 첫눈이 내리고 거짓말처럼 희미한 이명이 들리기 시작하는 거야. 이문세의 노래, 사랑 그렇게 보내네. 하, 미치겠더라. 갑자기 눈물 나게 보고 싶어서. 눈꽃처럼 반죽된 얼굴로 그 사람이 당장 내 눈앞에 앉아 있을 것만 같아서. 오랜 세월 지나 웬 청승일까 싶다가도 터져 나오는 그리움은 나도 어쩔 수가 없더라. 기억에 재갈을 물리고 살았던 시간이 무력해질 만큼, 또 속절없이 무너지고 말더라. 그곳에도 계절은 있을까. 계절이 있다면 겨울은 있을까. 그래서 첫눈은 내릴까. 때론 머무는 것보다 사라지는 일이 더 어렵다던데, 왜 그 말은 남겨진 사람에게만 적용되는 걸까. 왜 그 사람은, 첫눈이 다 쌓이기도 전에 그렇게 서둘러 녹아 버린 걸까. 나는 아직 해 주고 싶은 말이 이렇게나 많은데.

흔들리는 나무

나무는 그때서야 알게 되는 것이다. 자신이 여태까지 추풍
낙엽처럼 흔들리고 있었던 까닭은 바람이 불어와서도 아니
고, 바람이 남기고 간 잔상 때문도 아니고, 실은 제가 저를
흔들고 있었다는 사실을.

잘못된 믿음

잘못된 믿음은 자신의 정신을 미지의 길로 유인한다. 왜냐하면 이런 모호한 의지의 활동은 우연한 사정을 바라고 거리를 배회하는 사람처럼 지성이나 이성의 순수한 빛을 흐리게 하기 때문이다.

작은 차이와 하나의 사실

작은 차이가 종종 결정적인 역할을 하기도 하고
하나의 사실이 결정적인 열쇠가 되기도 한다.

어느 술도가의 이야기 II

어떤 사람들은 나무를 벤 그 자리에 두 그루의 나무를 심고 온대. 떠난 자리를 더 아름답게 만들려고. 뭐가 됐든, 지금 마시고 있는 이 술처럼 뒷맛이 오래 남는 사람이 되라는 거야. 마음이 허하다 싶으면 언제든지 찾아와. 다음에는 파주에서 만나자. 금촌으로 와.

계절에 밀려 졌다가

계절에 밀려 폈다가

Epilogue

어렸을 적 부모님의 사정으로 방학 내내 할머니 집에서 지낸 적이 있다. 부모님과 잠시 떨어져 지내야 한다는 사실이 못내 두렵고 섭섭하기도 했지만 할머니 집에서 지낸 그 시간은 서른 중반에 들어선 지금까지도 내 가슴속엔 가장 좋은 추억으로 남아 있다. 훗날 할머니께서 말씀하시길, 엄마 아빠가 자기만 떼어놓고 갔다고, 며칠 내내 바닥에 뒹굴며 울고불고 난리가 날 줄 알았는데 의외로 잘 지내는 모습에 깜짝 놀라셨더란다. 하긴, 내 어린 기억으로도 하루가 다르게 여기저기 쏘다닌 기억뿐이었으니까. 같은 동네에 살고 있던 또래 아이 몇 명과 금세 친해져서는 아침 해가 뜨면 잠자리와 메뚜기를 잡으러 다녔고 냇가에 들어가 물장난을 치며 다슬기 같은 것들을 잡기도 했다.

그렇다고 항상 쏘다녔던 것만은 아니다. 할머니와 함께

툇마루에 앉아 가까운 시냇물 소리를 들으며 고양이가 그루밍을 하듯 아이스크림을 홀짝인 적도 있고, 할머니가 아궁이에 불을 때고 있으면 부엌으로 살금살금 들어가 나무 막대기로 불장난을 하다 크게 야단을 맞은 적도 있다. 그리고 공기놀이와 딱지치기, 땅바닥에 금을 긋고 아이들과 일명 사방치기라는 게임도 했다. 게임 방법은 가물가물하지만 해맑게 어려 있는 아이들의 얼굴이 새빨간 노을에 하나씩 하나씩 익어 갔던 기억이 난다. 대체 그게 뭐라고 그렇게 재밌었는지, 지금 생각해 보면 그 놀이가 재밌었던 게 아니라 그냥 그 아이들과 어울리는 게 좋아서 재밌었던 게 아닌가 싶다.

그런데, 어느 날부턴가 잠을 자려고 누우면 이상하게 꺼림칙한 기분이 들었다. 시골의 특성상 밤이 유독 깊고 어두운 탓도 있었겠지만 동네 개들이 짖을 때마다 혹시 정체 모를 것들을 보고 짖는 게 아닌가 싶어 개미 기어 다니는 목소리로 괜한 두려움에 할머니를 연신 불러 보기도 했다. 그러다 한 번 꿈을 꾼 적이 있는데 사방에 선혈이 낭자하고 영문없이 죽어 간 사람들의 수가 셀 수 없을 만치 많았다. 죽어 간 사람들의 얼굴이 자꾸만 머릿속을 기어 다녀서 다시 잠을 청하는 일이란 쉽지 않았다. 오죽 무서웠으면 입이 잘 떨어지지 않아 할머니를 불러 볼 용기조차 나지 않았겠는가.

그런데 할머니는 어떻게 그 낌새를 알아차리셨는지 축축이 젖은 내 앞머리를 쓸어 넘기시며 악몽을 꾸었느냐고 물었다. 요목조목 설명하니 할머니는 맑은 항아리의 웃음소리로 쾌재를 부르시며 길몽이라고 좋아하셨다. 길몽이라니, 그게 무슨 뜻인지 몰라 여쭤보니 횡재할 꿈이라고 했다. 그래도 무서운 건 무서운 거라고, 나는 계속해서 울먹이고만 있는데 할머니는 문지방 사이로 새어 들어오는 달빛보다 더 희고 밝은 표정으로, 보이는 대로만 받아들여서 무섭지, 의미를 알고 나면 무서울 이유가 사라진다며 부드러운 손길로 내 볼때기를 어루만져 주셨다. 어린 나이에 그 말을 다 이해할 수는 없었지만 달을 품고 웃어 주시는 할머니의 그 따뜻하고 온화한 미소에 나는 그만 푹 안겨 평온한 잠자리에 들 수 있었다. 짙게 드리운 새벽 밤 그늘이 달빛 속에 묻히고 있는 것처럼.

사람은 현재를 살아가지만 가끔은 기억 속에서도 산다. 적재중량을 초과하는 스트레스와 마음의 상처까지 이고 사는 우리들이 비록 평범과는 다소 거리가 멀더라도 오늘 하루도 이렇게 비교적 무탈하게 잘 보내고 있는 이유는 마음을 노곤하게 데워 줄 수 있는 좋은 추억 하나쯤 가지고 있어서가 아닐까. 벌써 나만 해도 걱정과 근심거리에 골머리를 잃게 되면 마음이 평화스럽지 못하니 평정심이라도 얻어 볼 요량으로 가끔은 좋았던 추억들을 하나씩 하나씩 더듬어 보고는 하니까.

시간은 야속하게도 억겁의 찰나 속으로 흘러가 버리면 다시 돌아오지 않지만 추억은 이렇듯 우리들의 가슴속에 오래도록 남아 아름다운 꽃 한 송이를 피운다. 그런 의미에서 추억은 같은 토양에서 자라 여러 줄기로 뻗어 나가는 식물처럼, 희망과도 밀접하게 닿아 있다. 서릿발 같은 차가운 현실 속에서 나를 끈끈하게 만들어 주는 원동력이 되어 주기도 하고, 또 한편으로는 모든 것을 내려놓고 포기하고 싶을 때 어린 시절 할머니의 그 포근하고 따뜻했던 손길처럼 내 마음을 어르고 달래 주는 한 줄기의 동아줄이 되어 주기도 한다. 그래서 나는 우리가 스쳐 지나가는 풍경에도 쉽게 눈을 돌리지 않았으면 한다. 다시 돌아오지 않을 지금 이 순간들을 소중히 여겨 내일이든 10년 후든 미래에서 살고 있을 우리들의 가슴에 작은 쉼표 하나쯤 달아 줄 수 있는 그런 좋은 추억을 만들어 줬으면 좋겠다.

그리고 우리가 분명하게 알아야 할 사실은, 우리는 분명 한 걸음씩 앞으로 나아가고 있다는 것. 당장 내 눈앞에 큰 변화가 보이지 않는다고 해서 실제로 멈춰 있는 것이 아니라, 단지 지구의 자전처럼 큰 움직임일수록 쉽게 눈에 띄지 않는 것일 뿐, 그 한 걸음 한 걸음이 나중에는 큰 걸음이 되어 결국 자신의 삶에 어떤 큰 파동을 일으키게 될지 알아줬으면 한다는 것. 그러니 흔들리지 말고, 흔들리더라도 넘어지지 말고, 넘어지더라도 주저앉지 말고, 적당히 아파하고 적당히 슬퍼하면서, 자신이 내딛고 있는 그 소중한 한 걸음 한 걸음을 무슨 일이 생겨도 꼭 믿어 주길 바란다는 것이다.

이 책이 세상 밖으로 나올 수 있도록 물심양면으로 도와주시고 기다려 주신 정해나 편집장님과 도서기획 제작 팀원분들께 감사의 인사를 전한다. 그리고 정신적 지주처럼 나에게 언제나 큰 버팀목이 되어 주는 사랑하는 나의 가족들에게 이 책을 바친다.

적당히 아파하고
적당히 슬퍼하기를

1판 1쇄 인쇄 2023년 02월 07일
1판 1쇄 발행 2023년 02월 17일

지 은 이 김동근

발 행 인 정영욱
편집총괄 정해나
기획편집 라윤형
디 자 인 차유진

펴낸곳 (주)부크럼
전 화 070-5138-9971~3 (도서기획제작팀)
홈페이지 www.bookrum.co.kr
이메일 editor@bookrum.co.kr
인스타그램 @bookrum.official
블로그 blog.naver.com/s2mfairy
포스트 post.naver.com/s2mfairy